歌集

繭のような白き時間

池田幸子

青磁社

＊目次

一　章

二　章

装幀　仁井谷伴子
装画　池田　正幸

池田幸子歌集

繭のような白き時間

一章

蛇口の向こう

男波、女波、食い波という波を失せし川の薄く平たし

御母衣《みほろ》ダム干し上がりいて村道を繋げいたる橋桁の見ゆ

境内ゆ移植されたる荘川の桜の記憶に集う風たち

御母衣ほろほろほろほっちょんかけたかほととぎす荘川桜の葉桜の頃

無縁仏の積まれいるごとき堰見えてロックフィル式ダム迫り上がる

蛇口の向こう　取り返しのつかぬ故郷を沈めし水に人参洗う

花祭り

幾重にも山連なるを分け入りし里に春呼ぶ花まつりはあり

老いのみとなりゆく里に笛の音は流域狭き谷に落ちゆく

囲炉裏の薪はくべられ他所よりの借りものの子はりりしく舞える

野鼠がちろちろ走り野風吹き花まつりはいまたけなわとなる

市の舞、地固めの舞、花の舞、舞い舞う朝の白みくるまで

神と人の和合を舞える奥三河　サリン猛毒不穏の続く

待ってました茂吉鬼さん深夜二時　囲炉裏の薪はとろとろ眠る

あと何年続くだろうか二十七軒になってしまった村のまつりは

樫の木

おうと言い元気かと肩たたきくれる樫の木に会う秋の真昼に
あるだけのどんぐりの実を拾われて樫の木は今宵淋しいだろう

我の名をたゆたうように呼びくれるひとをコスモス咲く野に待ちぬ

水の墓標

地図より消えし村を尋ねて揖斐川に沿う山道を遡りゆく

徳山を沈めて下流の幸せがあるというその下流に住みぬ

きてくだされきてくだされと鳴く鳥の声をあるだけの袋に溜める

荒れ果てし教室に「ゆめ」と書かれたる額がぽつんととり残されて

蛇口捨て出でゆきし人ら野晒しに水の墓標は幾本も立つ

龍の子は胸湿らせて天翔ける　故郷という母を捜して

石楠花橋渡り戦死の夫の骨抱きて帰りし増山たづ子

ショベルカーは山の斜面にはりつきて赤土肌を晒しやまざり

里山

かっぱどんの話も残る神《かん》の池の涸れたる底いに蝌蚪生れ継ぐ

いま五月たかぶる鳥の求愛の声呑みこみて森が消えゆく

ガーゼほどの緑にくるまれ里山はありき今年かぎりの蓮華田

竹竿で梅の木たたきて梅をもぐここにはこんな時間があった

この湿る空のどこかが揺るぎいて朝の路上にネジが落ちてる

雨あがりの野にどくだみの匂い蒸し闇動かして牛蛙鳴く

種《しゅ》がひとつ滅びる朝の陽の中に泰山木の花開き初む

里山の今わの際ぞ畦道に螢一つが闇を鎮める

桑名吟行

幕府は薩摩藩に揖斐、長良川の治水工事を命じる

いつの世も権力はなさけようしゃなく海蔵寺に薩摩藩士の墓あり

菩薩像の魂鎮めの魂もそを抱く腕もやわらかく石でつながる

日本一やかましい祭りイキシチニ石取祭りは総牡丹彫り

原子雲連なるような河口堰　伊勢の七里の渡しより見ゆ

辻つじに今を盛りと栴檀は咲きてこの街の句読点のごと

陣屋跡手打ちうどん川市のきのこ胡露はこりこりとする

久保田万次郎
「かわをそに火をぬすまれてあけやすき」かわうそ絶えて句碑の字おぼろ

六華苑初代諸戸清六の髭そりあとの毛穴が大きい

気魄とう酒の名どこかにありそうな　賑わう漁港の暖簾くぐると

五月闇の酒ごころかな蛤の桑名しぐれの甘辛を噛む

靴の紐

草田男の句集の余白黄ばみて句の中の妻、ピアノ紅葉す

モノクロの腫瘍の翳を見せられる冬日柔らかくあたる椅子にて

鎮めてもしずめがたく湧いてくる不安に靴の紐を縛りぬ

冬の虚がらんと寒し大根の葉も根毛も食べ尽くしても寒し

生命線のどのあたりなるや冬まなか鮮烈な病だれに出遭いし

疾風は刃物のように我を打つ一編の詩を抱きてからくも

伏流水

手にとる本なべて伏流水のごとかなしみのあり冬の書棚に

帰り来るその日を思い庭に咲く水仙の花目にとどめおく

手術着の青きは肌につめたくて血圧百三十八という声ののち

寒雷や白き首を掻き切られこの世のさむさへ帰り来るなり

冬の野に花の陰なく熱に渇く身に何杯ものお茶を注ぎぬ

仏のような尿

蕗のとうが見舞いに来たり六本の管をさして身動けぬ日に

ポータブルトイレにほたほた落ちゆける仏のような尿を愛しむ

執刀の医師のひとりは背筋伸び僧のごとき面立ちなりき

四と九の危険分子はのぞかれて病室は実に満員である

とらえどころなきくらき底へそこいへと沈みゆく身や頭ひとつ残して

スマイルバッチ

「明日にかける橋」が流れて消灯の闇に目つむり闇を重ねる

生きていれば母の心痛となりおらむ亡きこと良しと思いて眠る

オペの傷見んとつんのめりくる人を強く押し倒す夢より醒めき

凍えたる声を温めて立つ冬の峠か人は雨水を告げぬ

春の月スマイルバッチのごとく輝り顔上げて受くその微笑みを

生きたいとう突き上げくるおもいに震えきて菜の花和えをむしゃぶりて食う

たなごころ

鼻柱の強き猫なり朝あさを子と共に勇んで出でゆく

七回忌の母の卒塔婆立てかけて谷川の水茶碗に注ぐ

車座に茶を飲む縁者五十年茶をのんでいるような日和

玉葱の小玉二つの持つ重みたなごころというこころに触れる

こくりと音する

からくりの人形のようなりもの食みて呑みこむ時にこくりと音する

きりきりとロープが首を絞めくるごときオペの傷なり風吹けばなお

木杓子にじゃが芋つぶす立ち上がる湯気と匂いにびっしょり濡れて

見上げればどこまでも空どこからが我と思うまで立ちつくしいき

梅の木がおおい、 ここだと我を呼び山は小道をひらきくれたり

梅の木の一面に咲く丘に出るどうやらここまで突き抜けて来た

白菜はまふたつに実を割り黄の色を噴き上ぐ春の無辺をゆくとき

ムササビを見にゆく

荷の中に枕入れるを忘れたり膝に抱えて息子は旅立つ

アルバムは置いてゆきたり二歳の頃りりしく自我を通せし顔も

ひとつ屋根の下にありしも我は我の子には子の時間が流れていたのだ

叱りてもしかりても猫は生まれたるばかりのとかげ銜え帰りく

まっさきにアパートの窓開けほら山が、見えると指さす信濃の国の

松本の消印封書ムササビを見にゆく予定と書かれていたり

草笛は遠き遥かな風をつれ聴こえくるなりそっと目瞑る

息子《こ》の匂い消えゆく部屋の片隅にシンビディウムの若芽香しき

薄墨桜

蓮華田の続く樽見線客一人ひとりに車掌は雑談かわす

息を呑むばかりに幹は瘤起して此の世とあの世繫ぎいるなり

美濃の奥深く谷汲みの寺ありて人体より大き草鞋掲げる

さあどうだといわむばかりに春キャベツ瑞々しければまっぷたつにす

春の帽子並べる店に礎石とう太く刻まれし光る石あり

みすずかる信濃

渋滞は規則正しくはじまりて二階建てバス、トラック連なる

みすずかる信濃は城東二丁目から月美橋からもアルプスが見ゆ

みすずかる信濃の背骨アルプスを背景に家族の背を並べ立つ

みすずかる信濃の風にオクターブ高く自転車漕ぎ出しいるか

夏至の夕べ

金なくて死にそうなんだとメール来るえごの実暮れ残る夏至の夕べを

捕ることが面白ければ蟬の羽根ぼろぼろになるまで空へ放ちぬ

弾丸を肩に下げたる子らなりき虫籠は蟬でまっくろである

夏空に煙たちゆく　満杯になって苦しんでいた鉛筆削り

保母、保父を経て保育士という言葉生れ野太き風の園舎を渡る

王冠を競い集めし少年らのポケットのなか遺書などなかった

なにかこう怖ろしくて疎かにできぬ本なれば机上に置きて眺むる

予後という海

病歴と重なるように文学の花開きゆく略年譜読む

犬蓼の茎の紅《あけ》を歌いしのち九首残して三四二の逝きぬ

身の気怠き真昼真夏日西京漬のさわらの味噌のしみじみとする

一九九八年　五十歳になった

核のない世界の空があったのだたった五十余年前には

生誕の書と背合わせに並ぶ闘病記高き書架の昏みに入りゆく

わかさぎを捌く手元にまとわりくる余呉の湖予後という海

インフォームド・コンセントという若葉にこの国の陽ざし照り翳りしつ

篠突く雨

この国の篠突く雨にしとしとと日の丸と君が代は通っていった

大小の湾入りこみて緑濃き半島に原子力発電所あり

原子力発電機を数える単位は基　基地のようにも墓のようにも

紫蘇の実のことごとく爆ぜその巡り種子を蔵いしずかなる土

水没地の希少種動物の名を記しおくツヅラセメクラチビゴミムシと

若狭の国宝

年々《としどし》を描く兄の明通寺は色の沈みて地に暗みゆく

明通寺の住職、中嶌哲演《なかじまてつえん》氏は反原発の旗をかかげる

二千年

今年はいつ姿を消した蟻だろう粒子の粗く砂埃舞う

貴族死す自分の中の治癒力を信じ続けしひとは死したり
ミュージシャン

綿虫の西陽に浮かぶ夕暮れは無量なり一生《ひとよ》見えるがほどに

尻尾のない猫なれば負けて帰りきても勝って帰りきても切なし

冬の朝の息のようなる月の見ゆ母の命日おぼろとなりゆく

雪降りて古時計の音の高なれり素手に青葱五本抜きくる

怪獣の卵をみつけてきたように雪の塊を抱く子どもら

港には花火ぽんぽんぽん打ち響き二千年は冬から始まる

二章

雲梯

園庭に春の夕陽ははみ出さむばかり燕の空き巣にも充つ

生半可な力では渡れない雲梯の向こう岸まで漕ぎゆく子らは

一日を遊びきる子らに弾まないゴムまりを手渡してはいないか

泣き叫ぶ新入園児を抱きかかえ母と切り離す刃物のように

喉や肩に力を入れてしまうこと多しことに四月の園は

一日経れば一日の力加わりて三つ目の段《きだ》に手が伸びる雲梯

ははと樫の杖

信州は萌黄色なりおいははの要となりて家族寄り添う

蓮華田の続く安曇野　娘《こ》がははの車椅子を押し続けたり

記憶の中そのままにある茶房なり歳月というが頷き返す

晩年をこの地に移り住みつきてははと樫の杖揺るぎもあらず

じっくりと余生をねかせているようなひとなり口元穏やかにある

義母《はは》にはははのやり方があり水槽に棲み分けているどじょうと鮒は

背に触れると痛がるをどじょう掬いの姿態《たい》に義母を一気にすくいて起こす

死んだ方がましだと死んだふりをする義母を囲みておろおろするも

ポップコーン

長く生きたき義母なり日に幾度も時計見上げて長きに倦みつつ

思春期の子を持つ母が集う部屋ますます水嵩増しゆく滝は

夏祭りのポップコーンは憲法の九条の匂い爆ぜてふくらむ

『なぜ人を殺してはいけないか』という本も並ぶ夫の書棚に

物置きの捕虫網はこの夏の火照りたたえて仄白くある

ひと夏を子らと疾駆せし捕虫網なつ雲捕らえてまだ離さない

思春期を少し抜け出し娘は我とひとつ日傘に街へつれだつ

虫明かり

登り棒をのぼりてゆくは河童なり頭に水盆の水が揺れてる

十月は虫供養月動かなくなるまで弄れり小さき指は

枯木色の蟷螂を放り投げもして男《お》の子の息の根は太りゆく

蔑みの言葉に虫けらというがあり虫の音色の極まれる夜

神無月の夕暮れは虫明かりする仄かなる虫集まるあたり

四歳の幼ながが俺などと兄貴風ふかせる背後木枯しの来る

遊ぶことは働くことに似る両の手にバケツを下げて砂を運べる

母の胸にひったり顔埋め帰りゆく幼なよ園舎の外灯を消す

月を背にして

大腿骨転子部骨折、上腕骨頸部骨折きしむ身体は

一夜経て眼のあたり、頬、口元の窪みて義母の面変わりしぬ

リハビリにやる気みせない義母きつく叱りて帰る月を背にして

寝たきりになったら困るでしょと言いながらつづまる所困るのは私

ここ二日、三日の混乱のもとはここ　赤い鞄に手を差し入れる

木枯らしの吹き始めし午後うろうろとしていた二匹の蟻すがた消す

投網せしごと園庭を逃げる子ら尾鰭、背鰭のきらりとはねて

味噌煮込みうどん

介護支援・福祉用具購入費にてポータブルトイレを買いぬ

雪の舞う玄界灘を呑みこみてきたる鯖の腹えぐり煮ており

義母巡り激昂するを沈めがたく沈めんとして言葉を嚙みぬ

膝頭震わせ義母の立ち上がる渾身の力、息を呑むまで

すまんなあ、すんませんなと身を低く折り曲げ小さくなりゆくひとか

味噌煮込みうどんは舌に馴染むらしひとりの友もできないこの地に

老の介護楽しむ術などという本のあらずや白きさざんかの咲く

玄関に義母のサンダル飾り置く春になれば　春来るように

滋味ある声

棺にきっと納めるだろうというおもいに虚をつかれたり義母の眼鏡手にして

遺品のごと闇に底光りせし眼鏡のメガネとなりて卓に鎮まる

父の忌を気づかず過ぎぬ親指の力もて三宝柑の皮むく

こんなにも滋味ある声が我うちにあるのだ猫に語りいるこえ

三人の虫博士いてそのひとりが教えくれたる米搗き虫を

いつの世に名を受けたるや誰が名をつけしや　なあ米搗き虫よ

朝市

すこんすこんと雪砕く音の館に響きようやく来たり飛騨高山に

秤にかけ煙草を売りていた頃の一服というはどれほどの間か

母はよく姉さん被りをしていたり朝市の馬穴に猫柳あふれて

小半時ひとりの画家の名思い出さんとしてどの回路よりか「ドガ」と出でくる

飛驒の雛は一ヶ月遅れ花瓶にはあさつき四、五本添えられおりき

ヒゼンダニ

ヒゼンダニは義母の手足に蠣殻のように厚い鱗屑《りんせつ》を付着さす

思わず義母を叩いてしまう蚯蚓腫れに掻きむしり疥癬を広げゆく手を

虐待にほど近き所にいる我の危うきちろちろ虫の音擦れて

尿臭《しと》き部屋となりゆく芋洗うように義母の陰部を濯ぐ

朱を帯びし月代やこの二十日ほど失いおりし我は目鼻を

雪雲

おぼおぼとそこに長く佇んでいたのは雨か　戸口も濡れて

秋黴雨《あきついり》に柿の実しずくする道を選びて義母の薬とりに行く

食べし端《はな》から食べたがる口のさびしいとさびしいさびしいと飴を頬張る

神無月の朝の陽のなか乾涸びたる糞つけてねむる義母のあわれは

「年をとるとこんなことがあるんやな」布団の上で悄然として

雪雲が家の真上を通りたり猫は地面を嗅いでいるなり

有松絞り

鍾馗《しょうき》さんを置く屋根、懸魚《げぎょ》を飾る屋根どこかで金魚を売る声がする

駒寄せは自転車置き場となりている西町二組の組長の家

虫籠窓、連子格子に海鼠壁　鈴虫に似た人が出入りす

藍甕の多くありし頃手越川は藍染川と呼ばれ流れき

「高い、たかい。まけなせい」と弥次さんが有松絞りを値切りし辺りか

青虫のように

義母を預けむための荷作りす靴下の右と左にも名前を書いて

雛の夜や義母より逃れ充ちてくるこの空腹感は怖ろしきまで

青虫のように蜜柑の葉に縋り蜜柑の木を枯らすまで食みつくす

我のこと忘れし義母と粒々と光る苺を共に食むなり

二十歳の足袋

林泉とう歌誌あり憲吉に歌集ありわれに林泉《いずみ》という歌友《とも》あり

娘からの長い手紙を受け取りしようなり今日は二十歳の足袋はく

迷い続けし進路定めて娘は庭に花芽の稚き水仙剪りおり

あの頃の我に似ていて突っ走るを止めると倒れそうなり娘は

カンロのど飴

脈拍は１００と１１０を行き来する義母は全速力で走っているのだ

突き上がりくるものか死は手と足と肉叢不随意《ふずいい》に激しく動く

もう二度と口に含ませることできず枇杷色に光るカンロのど飴

麦の穂の戦ぎておらむ意識なくねむれる義母のかすか微笑む

素手にあらざり

息を引きとる際に一気に尿《ゆまり》いで弛びてゆけりまぶたの浮腫も

死相はかく整えられき顎を締める布あてがわれ塞がりゆく口

死の三日前なり迷子になってしまったどこへ行ったらいいかと問えり

死の後の身体に触れる人はみな素手にあらざり手袋をはめいき

はよ家に帰ろう家に帰りたいと言い続けし　手は組み合わされる

生涯に持つことのなかりし口紅と白粉を刷き匂い立つ死は
火を絶やさず燃やし続けん死がそこに気力に充ちて立ち尽くすまで

忌中の札

尿の汚点《しみ》車椅子の擦れたあと残る畳にぼんやりと座す

雷の鳴る暮れ方仏膳に供さんと春大根を煮含めていつ

薄暮れて仄薄暗き四月尽　忌中の札の下を出入りす

納骨する墓の頭上に雲雀啼く「一升貸して二斗取る」けちだったはは

拠り所

口笛は卯月の日なたの向こうから聞こえきて樟の木の下に消ゆ

あてにしてもいいけど拠り所にはならないと憐れむように夫は言いにき

菊と蓬並びて新芽伸びゆくを葉の形状のやや異なりつつ

「鈍感力」「つっこみ力」とう語尾に「ちから」をつける類のどんづまりまでくる

絶対とう感情的な表現が憲法の中のひとところにあり

さきがけて地上に出できし蟻二匹幾人もに弄り回されて死ぬ

会いたくてならざりし花が遠目に見え白く煙れるなんじゃもんじゃは

ひろしま

車輛のなか義捐金を集めいし傷痍軍人おりき蒸気機関車の頃

戦争というものに出遭いたる初めなり義肢のつけられし足盗み見して

青帽子の園児が廃墟のヒロシマの模型の街をぐるりと囲む

資料館の焼けこげし絣のモンペよ　核抑止力という核がある

シュミーズは自ら縫いしものなると几帳面な糸目が残る

記憶もつものとし時計、黒き爪置かれ忘れやすき人を集める

なお八月末だ八月と思うまでこの国に八月というがありたり

みんな出て行ってだあれもいない

子どもを育てた団地がとりこわされる

我の住みし部屋も暗闇二つ三つ灯のつくのみの団地を過ぎる

姫女苑腰のあたりまで蓬け伸びみんな出て行ってだあれもいない

四十個のおはぎ作りて集いたり鳴海団地の別れの会に

帰るとうことのぬくとさ幾度もいくたびも人は帰り続ける

カタコトと鳴るたび兎の飛び出しくる歩行器楽し散歩日和を

消えてゆく道なり子を背負い病院に通いき味噌買いに夕闇走りし

梵鐘のように響きて

沿道に子の手ひく母、高校生加わりきてデモの隊列ふくらむ

「きれいで早い戦争」などとおぞましき言葉に人間《じんかん》の塗《まみ》れてゆくも

アメリカがイラク爆撃を宣言し脱出できる人に脱出する時間を与える

殺される人と殺されずにすむ人の選別ののち爆撃がある

暴力を武力と言い習わす世に菜種梅雨降るあさつきの根に

吹っ飛ぶのはボールではない子どもらの足　地雷の原に足を拾うか

黒豆を煮つつ臥しおり二階まで這いのぼりくる匂いも滋養

この記事もイラク爆撃を正当化して結ぶのか五行の寒さ

ガスボンベ運ばれゆくとき梵鐘のように響きて軒下過ぐる

蓬摘む手にリズム生れ摘むことの楽しくてならぬ掌になりてゆく

水の絨毯

白い花を好む夏山　北限のバスに糊空木《さびた》の花は続きぬ

白杖を強くたたきつつホーム《ホーム》ゆく人の気迫に押されて歩む

捨てられたる子猫窮まり泣くごとくカモメ啼くなり幣舞橋《ぬさまいばし》の上《へ》

北海の蕗は雨を凌げるほど大きく茎にとてつもなき穴

傷つきやすく繊《ほそ》く揺らげる湿原の舌に触れんと霧雨を歩く

湿原は水の絨毯　河骨や菱の白花載せて潤める

湿原の水の厚みが手に残る竹竿すぶすぶ沈みてゆくも

周辺の開発が進む

流れこみやまざる土砂に榛の木は風景を襲い繁茂し続く

トイレには音姫が住む手を翳し渓谷に佇《た》つ姫呼び出せり

海峡の津軽を機は今渡りゆく釧路の景を釧路に残して

石焼き芋

石焼き芋の声の湧きくる陽ざしかな最期に義母が欲しがりし芋

棚の奥の薄闇にあるらくのみに気づきたりしがうすやみに触れず

逆光に顔の目鼻のおぼろなるひとは前のめりに杖運びして

行き帰りを義母が腰おろしし石段に桜散り敷きいま紅葉散る

冬と春、夏と秋過ぐ坐るひといない石段を時々見に行く

大寒の夕べひと椀の味噌汁は腰のあたりまで温めくるなり

自らの旗

自らの旗さし出して街をゆく派兵反対の小さきバッチ

人を焼きし火のほてり浴びさらに濃く黒を帯びゆく喪服を吊す

イラク派兵差し止め訴訟

派兵反対のバッチはずせと有無をいわせぬ力に従い裁判所に入る

彫金の施されしドアより裁判長出で来たり黒い法衣を着けて

夕暮れの水

園の前まで来て足止まる幼ないて前に進まぬ赤き靴先

口つぶり誰も言わざる事を書くむのたけじを時に灯台と思いき

界隈に狸一家の棲みいるは嬉し生きいるは煙《けむ》のようなり

苔深き庭に頬杖つく童、口おさえるわらべどの地蔵も笑う

人生の楽園がまだこの先にあるような気のして土曜日の来る

お握りを三つ握って憲法の九条守りに街に出でゆく

水溜りにえごの花落ちおち続け消えてしまいぬ夕暮れの水

かばんとう詩誌ありしかな水無月のにわたずみは溝あふれて何処へ

羅漢の間

瑞巌寺の黴くさき羅漢の間に殉死せし家臣二十名の位牌は並ぶ

上段の間、上々段の間まであり人心を統べ下知する段《きだ》なり

裾折上《すそおりあげ》小組格子《こぐみごうし》合天井《ごうてんじょう》とう贅を尽くしし天井見上ぐ

資料館に御歯黒道具あり添えられる口嗽《くちすすぎ》茶碗というが小さき

御歯黒の媒染剤入れるを五倍子箱《ふしばこ》といい木五倍子《きぶし》は白い花を咲かせる

内臓の抜きとられるような感触に降下してゆく機は半島に

壺の碑

生まれる前誰かに抱かれこの道を歩いた気がする欅並木を
娘《こ》のオリエの頭像二つも含まれる佐藤忠良の常設展に

彫刻は背後に回れる空間のありて臀部の窪みも観たり

川幅を狭くし稲田を蛇行する広瀬川に再び出遇う

三千里と「壺の碑」アジアの中の位置測れざる小泉首相は

長く放置されいし車の撤去され焼け跡のようなり草地のそこは

二十年生きている猫と携帯電話《ケイタイ》に話す不思議や赤塚マスヨ

灯の下に仄白かりき膀胱の楽器になりしこと馬は知らない

冬の絵本

雪うさぎはゆきの原野に帰りゆく夕べ激しくゆきは吹雪けり

保育園に来るサンタは偽者で家にくるのが本物にきまってら

鎌のような月と裸木と夕映えと冬の絵本のなか帰りゆく

鬼が来るとう威力もせいぜい十日ほど神社のむこうの森も消えゆく

父と母の修羅場を潜りきたる子は時に地雷となりて弾ける

猫はねこと出会い凝視す人間とにんげんは目をそらし行きかう

緘黙のかなちゃんの声は卒園式を包みて湯気の立つような日だ

ジャングルジムのてっぺんより落ち案じいしあっくんの傷も卒園してゆく

三章

繭のような白き時間

白詰草を摘むと雨が降るという摘まず過ぎゆく七夕の野を

鬼灯を口に転がすように鳴く鴉はないて声と遊べる

今朝の空は雲に力の充ちていてジャングルジムに子らが鈴なり

漕ぐコツを覚えしばかりの三輪車ほがらほがらに園庭をゆく

『三匹の熊』の絵本を橋にして子どもの時間に潜りこみゆく

新生児微笑は愛情をかけてもらうために組み込まれた遺伝子という

微笑みてもほほえみても応えくれざれば消えてしまうと微笑みの火は

表情の乏しき子を疑えと虐待を見分けるための栞に

お父さん、お母さん指が掌にありて迎え待つ間を指しゃぶりする

園児からつるりとまさやの顔になる迎えの母の胸にゆくとき

「丹青夢中不知老至」とう言葉拾いき海辺の美術館に

掠れがちでありたるペンは机の上にひと夜経てのち書き振りの良き

耳ふたつうまくいい具合いにありたるを終日眼鏡かけ耳を使いぬ

長崎少年事件の少年は保育園に通園していた

心から抱きしめるひとが誰ひとりいなかったと記事は結ばる

馴れるとうこと恐ろしき次々と来る子を抱きつつ捌きゆく腕

背後より不意に負さりくる子らに耐久年数過ぎし腰はも

大人を信用していなきがに睨む三歳《みっつ》に満たなき男《お》の子を叱る

男の子、女《め》の子の放電するごと睡る部屋に照り響きくる油蟬かな

翳す掌に触れくる息のこそばゆし嬰児の寝息刻々確かむ

新聞を丸めて遊ぶ爆撃に殺される子のいない日はない

ねこじゃらし、風草、芒、ちからしば煽られるごと地は風おこす

幼らの記憶の底に残るなき時間の面《おもて》に薄陽射しくる

繭のような白き時間に頭下げお椀に受ける花びらごはん

園庭に被さるような赤き月を野紺菊咲く原へ連れ行く

三百六十五日の夜更け朝焼けを知る亀なり園の主なる

ザリガニの佇まい寂かになされいて脱皮の殻を沈める水は

極月の地に靴脱ぎて幼らの蹠はまだ土を喜ぶ

下ろし金に津島大根摺りおろす詩のような冬の水滲みくる

金柑の葉陰に蟷螂の青い斧見し三日のち雪の降り来る

椅子の脚うら

娘が家を出る

娘の残しゆきたる珠の揺れるたび鳴りぬ鞄に持ち歩くなり

大寒に近づく朝を陽の射して椅子の脚うらふいてやるなり

がらんどうの娘の部屋に娘の名呼んでみる初めて名前を付けし日のごと

布団二つ並べる月夜だどちらかが残されひとり敷く日のあらむ

午睡の子の夢

分かちがたき言葉と身体おさなの手も足も強張る「厭」と言うとき

この空気に咲く泰山木と湿りたるくうきに入りゆき蕾みつけぬ

紙を折る音は午睡の子の夢のなかへ水音と流れゆかむや

篝火の火勢きわまり梢どっとくずれてふぶく宴の終りに

助手席

喧嘩するにカ行というは力強し鴉二羽いて空のみなぎる

明後日廃止になるバスが「有松駅」と赤く灯して坂登りくる

アンフェアーなこと多きこの世は砂のようにずり落ちてくる眼鏡か押し上ぐ

引き出しの底に膝そろえ義母いませりきちんとたたまれしスーパーの袋

ひと処夕べの雨に濡れている日なた道は砦に続く

助手席というは視線を合わさずにすめば触れがたき穂にもふれたり

小春日和

驢馬の瞳のやさしき女医に逢いにゆく月に一度のピクニックのように

母の名のひっそり息づく日和なり小春びよりに足をさし出す

湿り具合よき砂山の向こうから掘り進みくる指と触れ合う

団栗はどこから入ってくるのだろうリュックもバックにも底にどんぐり

家を出て一年の過ぐ娘の部屋ゆよく晴れた日は御岳見ゆる

初雪は年末休暇の朝を降るだあれもいない園にも降りいむ

朝の空

娘の同級生

たった一人で死んでゆく日の朝の空を見上げただろうか顔傾けて

幾度もリストカットせし手首の痕なり傷つけることはもうない

生きていていい?と出し続けたサインだった　二十四歳が享年となる

死にたいと思うことと本当に死んでしまうこと擦過音して電車過ぎゆく

間隔を置き外灯あり途切れんとしては繫がる明かりを歩く

立春の夕暮れ明るし雛を飾り雛のあられを買《こ》うてくるなり

桜と川面

川沿いの斜面に木の根は踏みとどまり触れむばかりの桜と川面

行くたびに鏡増えおり娘は鏡の迷宮より抜け出せざるごと

娘の部屋はガラスやビーズなどに飾られて儚く光る薄羽かげろう

カレイシュウが加齢臭のことと気づく際刃物のような冷たさがある

春の草食みてきたるか頬なめる猫の口腔ゆ草の匂いす

葱坊主の薄皮の弾けくる頃の陽ざしに義母の命日が来る

噎せる喉

花ぐもりの休日の午後二人子のメールはどれも金欠の沙汰

送りてもおくりても足らぬ金のこと我らの愛の足らざるごとし

仏具一つひとつ手にとるたび数珠に合掌すじゅずは皮膚のようなり

隅ずみに綿あて仏壇運ばれき真裸となり位牌残れる

煤に汚れ隠れていたる仏の絵も出できて漆の匂い香し

法要は赤き蠟燭「さっちゃん」と呼びくれし義父の声懐かしき

噎せる喉をなだめむと水もらいたるは何処でありしか週も半ばをすぎぬ

平和的生存権

無痛文明論

この本を書くための命であったのだとあとがきにあり畏怖しつつ読む

子を預け仕事に向かう母の足もつれるように走りゆくが見ゆ

物陰となりて雄太を隠しやる叱られ逃げてきたる幼なを

平和的生存権の権利構造は卵の黄身、白身、殻をもて語られき

立冬の澄み切る空に向けて置く篩の緩む寿司桶の底

柊の花匂う朝「イラク派兵差し止め訴訟」の会報届く

力士の足裏

気を病むなといつものごとく一喝さるいっかつされたる身に水注ぐ

鼠麦、鼠の尾など草花にちょろちょろするは嬉し年女なり

実のなれる金柑一本ある実家に朝寝する子ら充ち足るまで寝よ

時計塔の楽聴こえくるまた家族になるためそれぞれ別れてゆきぬ

五本づつ束にしたるが五束あり箱の水仙を抱きおこしゆく

越前の岬の風の賜物か茎も葉も太く芯を持ちたり

身体から言葉はがさむと抱き寄せてことばの水脈をたどりゆくなり

幼なにはしっぽがぼんやりついているもやもやとしたものも抱きゆく

もんどりを打ちて倒れし砂だらけの力士の足裏なんと小さき

十六夜の月

十六夜の月に仄白く背を見せて出でゆきし猫は帰り来たらず

鳴き声の消えし家内の寂けさが足の先から這いのぼりくる

長き勤め終えたる背広のポケットより呼笛出でくる白きよびぶえ

走りきたる猫抱きしこと夢なのに胸にちりちり獣毛光る

沈丁花が街路に匂うよ娘のメールは月の輝く丘の向こうから

笑いとばして話す手の甲の傷痕はひとり暮らしの勲章のごと

豊臣秀吉の文

権力を持ちたる故に際立ちて妻への文のめめしさなども

鶴の留袖

眠ることをやさしく描く絵本なり枕辺にはずしたる眼鏡置かれて

そうめんを冷やしたる水かけてやる夏枯れをする山茶花の木に

飼い主を喪いし猫と飼い猫を失いし我ら寄り合いて住む

小回りのきくバイクに乗りて渋滞の一号線抜け砦へ向かう

七回忌過ぎてそろりともらわれゆく羽根を広げる鶴の留袖

影絵の兎

大縄に入る間合いをはかる背がすいっと夕映えにすくわれてゆく

十月の陽ざしの中を子は指に影絵の兎を連れつつ帰り来

清野幸子逝く

いたずらな猫のノンタンはこの世に残りいたずらしたくてうずうずしている

対岸よりながめぬ長く親しみ来し短歌会館の霜月の灯を

水位上がるように静かに陽の届く樒の根方の草紅葉へと

手

殺されし小林多喜二を囲む人のどの手も着物の袖に仕舞わる

父はここに

オバマ氏の毬栗頭を焼印するまんじゅう並ぶ小浜の駅に

魚図鑑置かれる大谷食堂に刺身の間パチの全長をみる

父はここにいたのですかと思うまで病室の兄の下顎尖る

海につながる路地をほっつき歩きし頃小浜に山川登美子を知らず

蛸公園の写メール届く過ぎ去りし時間の縁に佇むか息子は

無人くんのいできしがサラ金の走りなり紙幣なる幣《ぬさ》の腰なくなりぬ

うりずんの風

冬と春の往き来するをうりずんとうりずんの風の沖縄歩く

ホンドヘノジョウリクノジカンカセギヲセヨ　時間稼ぎに死にゆきし人

手をたたきハブを警戒しつつゆく全滅のガマの祭壇までを

行間のように等間隔の間をおきて証言ノートの台座置かれる

未だ名を持たなき死者を待つ礎《いしじ》摩文仁の丘に日暮れを佇ちぬ

古い樽の底を嗅ぐような沖縄の匂いと思い石垣巡る

「安保の見える丘」に立ちおり滑走路の延びる向こうにイラクはあるを

しゃしゃんぼの木

茹で上がる蓬つぎつぎ草餅に石臼賑わう参道をゆく

回廊をくぐり抜けて見渡しぬ千年続く法螺貝の音を

春浅き御堂に重心ひだり足に移す伎芸天を盗み見したり

雲淡くしゃしゃんぼの木にさしかかる薄暗き御堂を出で来たる瞳に

朝毎に窓をのぞきぬ一匹としてゴキブリの家にゴキブリおらず

人と人の間《あわい》ぽつぽつ空く電車さてもおばさんの力で座る

米搗き虫

藤前の干潟に海の香の淡く漂う川鵜の三百羽ほど

風袋を量りてミンチ入れくれし店のなくなり深夜も灯る

仰向けにすれば跳びはね起き上がる米搗き虫なり　米こそ力

米搗き小屋、粉ひき小屋のありし頃身を粉にする働き方あり

少し窪む舗道に雨の寄るところ二日はありて三日目を見ず

二筋の水ぶつかれる溝のなか遊び水生れるひとところがある

秋祭りの鬼が日向を歩く頃　縄で結いたる高下駄はきて

アンパンマンの心

ナチス収容所に爪もて描きし絵を据える美術館あり八ヶ岳ふもと

犬走りに背中こすりて身をほどき猫は徐ろに路地へ入りゆく

金木犀の香る朝を豚インフルエンザは園に大股に来る

憲法の九条ならむ武器もたぬアンパンマンの心というは

声帯は嗄れやすくなる秋の暮れこぼさぬように声を運びぬ

百年後

丈長き牛蒡二本が袋よりはみ出すおもいを手に持ち直す

自爆記事の自爆をしたる人の死は死者の数には入っておらず

イラク人は屈せず我ら米兵の住居も娯楽代も負担す

まどみちおの百歳近し百年後も歌っているだろうぞうさんのうた

曲がらんと傾けるバイクの身に添いきて車体となりゆく手首も腕も

断念から短歌《うた》を始めしひとの一世たどる行間に雨の音する

秋驟雨を凌ぎつつゆく鹿書店、熊野荒物屋と雨やどりして

人間ののっぺりとする背面のうちの臀部は活き活き動く

小田実はもはやこの世にいないこと立ち上がり檄をとばすことなき

指の静けさ

ありがとうと言いて降りゆく人のありバスは電車より地面に近き

朝焼けのなか東京タワー現れて修学旅行の列車沸きたつ

寝ね際に思いつ「開」のボタン押すを継ぎし三人の指の静けさ

春ぐもりの今日も北窓のこの向きの果てに白山の峰あることを

ビルの間《あわい》に赤き旗たつ神社あり薄日を束ね桜一本《ひともと》

母子草

敷石のあわいに低く母子草の花咲くを今年もここに見て過ぐ

踏ん張りがきかぬと米を作ること止めたる母の齢に近づく

頭から足裏まで灸の痕のあり身を燃《く》べるように働きたりし

体質は母に似れども胆力は遠く及ばず　泰山木咲く

春の野に余光を収め生きもののごとぬらめきて水溜まり消ゆ

薄口醤油

肢も背も土まみれなる蟬は今登り切りたり　月のふくらむ

朝焼けの窓に手をかけ立つ猫の胴はずいーっと伸びて美し

朝から立て続けに麦茶三杯を沸かせし日々あり雲の湧き立つ

八月十三日

河野さんのいない一日が暮れむとし薄口醬油に夕陽射しくる

忘れ得ぬうたの幾つを珠として生活《たつき》の袋に響かせゆかむ

子規の胃袋

食終えたる後に八個の菓子パンもて鎮もりゆきしか子規の胃袋

枕辺に律と母寄り歓談す一行ありて涼しき風過ぐ

後頭部のでっかい横顔しか知らず正面を向く子規と出遇いぬ

子規堂の窓の簾に熊蟬の飛びきて堂は蟬の音に満つ

健やかな時の短し青年からいきなり晩年へと傾れて子規は

終戦忌は光復節なり隣国の手をたたいて喜ぶ声が画面に

長月に入りても極暑衰えずこの夏二年《ふたとせ》生きたる心地す

節回し

樹はおおよそ何枚の葉をもつものか園庭に紅葉は朝に夕べを

裏返しの服を着ていること二度も続きぬ秋の道のただなか

あの頃は花粉症などなかったが土堤まで届きし父の嚔は

コスモスは里の日向に川岸に君の声のせ揺れているなり

しかたなく笑む寂し気な女の子を絵本に残して佐野洋子逝けり

節回しのうまかった母　御詠歌は那智の青岸渡寺から始まる

竹生島は岩の島なりひかりの帯広がる湖《うみ》に照らされて立つ

時雨やすき湖に青空広がりきて焼鯖そうめん骨まで旨し

あとがき

私の故郷は若狭の小浜である。

その小浜から、さらに車で三十分ほど山を分け入った所だ。前も後ろも山が迫っており、冬は午後三時には陽が沈んでしまう。雪が降ると夜の底冷えはきつく、炬燵を抱えて布団にもぐりこんでもじんじんと寒かった。

山川登美子の晩年の作品である「おつとせい氷に眠るさいはひを我も今知るおもしろきかな」はこの小浜の寒さが背景にあるだろう。

高校生の頃、私は山川登美子を全くしらずに生家の前を行き来していた。

登美子は結核で亡くなってしまうが、私は療養所で短歌と出遇い、郷土の歌人を知ることとなった。

今は生家が記念館になっており、学生は国語の授業で教わっているだろうか。

この歌集は、一九九五年から二〇一〇年の間に詠んだ歌の中から、四六五首を選んで纏めた第二歌集です。時系列を基調に、ゆるやかな編年体にまとめました。題名は、歌集の中の一首からとりました。

塔短歌会、東海支部の皆さん、そして私のめぐりの沢山の人達に支えられてこの歌集が生まれたことを思います。本当に有難うございました。

出版にあたり青磁社の永田淳氏には、種々な助言や、長年の夢だった、兄の故郷の絵を使っての装丁の要望など受け止めて下さいました。仁井谷伴子氏は素敵な装丁をして下さいました。

永田和宏氏にはとてもお忙しい中、帯文をお願い出来ましたこと、この上もない喜びです。皆様に厚くお礼申し上げます

池田　幸子

平成二十六年十月金木犀の匂いくる日に

塔21世紀叢書第255篇

歌集　繭のような白き時間

初版発行日　二〇一五年一月三十一日
著　者　池田幸子
名古屋市緑区尾崎山二―一八〇七（〒四五八―〇〇二四）
定　価　二五〇〇円
発行者　永田　淳
発行所　青磁社
京都市北区上賀茂豊田町四〇―一（〒六〇三―八〇四五）
電話　〇七五―七〇五―二八三八
振替　〇〇九四〇―二―一二四二二四
http://www3.osk.3web.ne.jp/~seijisya/
印　刷　創栄図書印刷
製　本　新生製本

ISBN978-4-86198-285-9 C0092 ¥2500E

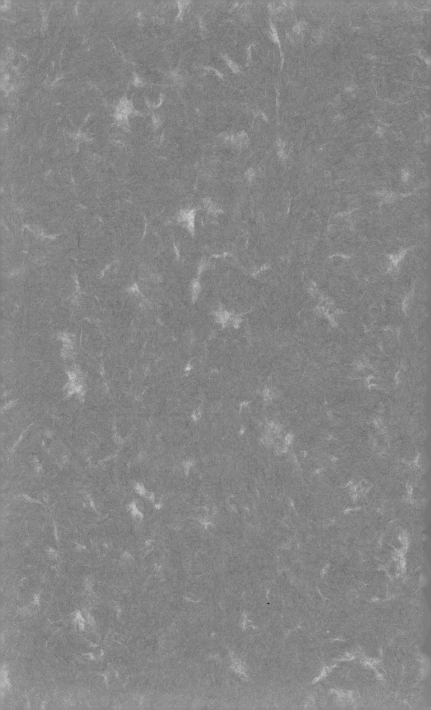